AF224008